Barbar Conan

Birinci Bölüm

Erika Sanders

Barbar Conan:
Birinci Bölüm

Erika Sanders

Seri
Barbar Conan Cilt 1'den 4'e

Kapak görseli: @katalinks, 2023

İlk baskı: 2023

özet

Daha önce hiç anlatılmamış şekilde tanıyın ...

Yeni maceraların ve yeni zaferlerin ardından Conan ve ekibi, artık evleri dedikleri Tarantia şehrine geri döner.

Dönüş, maceraları kaçırmalarına neden olacak mı? yoksa beklenenden daha mı iyi olacak?

Bu yayın 1'den 4'e kadar olan ciltleri içerir:

1 - Conan

2 - Zula

3 - Cassandra

4 - Valeria

Robert E. Howard'ın eserlerinden uyarlanan yeni dizi.

(Tüm karakterler 18 yaş ve üzeridir)

Yazar hakkında not:

Erika Sanders, her zamanki düzyazısından uzak, en erotik yazılarına kızlık soyadıyla imza atan, yirmiden fazla dile çevrilmiş, uluslararası üne sahip bir yazardır.

Dizin:

BARBAR CONAN
BİRİNCİ BÖLÜM
ERİKA SANDERS

BÖLÜM I
CONAN

Küçük grup tepenin doruğuna dönerken güneş Tarantia şehrinin üzerinde parlıyordu.

Beyaz kuleler, bakır kubbeler ve minareler güneş ışığında parlayarak uzun yolculuklarından sonra onları karşıladı.

Hazine aramak için kayıp yer altı mezarlarını keşfettikleri, ödülleri için canavarları ve kötü ruhları savuşturdukları için son birkaç hafta heyecan verici ve tehlikeliydi.

Aslında artık sırt çantalarını taşıyan madeni paralardı.

Conan meslektaşlarına, verdikleri savaşlardaki sadık yoldaşlara ve daha önce çok daha fazlasına baktı.

Leydi Yasimina, yabancı kökenli olmasına rağmen grubun lideriydi.

Güneyde, Styx Nehri'nin ötesinde bir aristokrasinin içinde doğmuştu ve Tarantia'nın ya da komşu şehirlerin soylularına hiç benzemiyordu.

Kaskını çıkardığı için omuzlarına kadar gelen sarı saçları havadaydı ve ilerideki şehri görünce solgun dudakları bir gülümsemeyle kıvrıldı.

Bir yabancı olabilirdi ama son yıllarda Tarantia onun da evi olmuştu.

Seyahatin tozu ve geçmiş savaşların sıcağıyla, artık soylu soyunu yalnızca kraliyet tavrı belirliyordu, ancak geri döndüklerinde, bilgisinden dolayı soylular arasında yeniden kolaylıkla hareket edebileceğine hiç şüphe yoktu. birini grubun sözcüsü olarak ideal yapan gerekli görgü kuralları.

Conan gibi bir barbardan çok daha fazlası.

Kaslı ve ağır zırhlı Leydi Yasimina'nın aksine, Conan'ın yanında Valeria vardı, o sadece kemerine saplanmış bir hançerle silahlanmış bir elf büyücüydü.

Şu anda seyahat kıyafetleri giyiyordu elbette ama yarına kadar güzelliğini tamamlayan zengin kıyafetler giyeceğinden emindi.

Yasimina kadar solgun ve sarı olan saçları uzundu ve şu anda kulaklarının yüksek noktalarını ortaya çıkarmak için uzun bir atkuyruğu yapmıştı.

Hayatının büyük bir bölümünü güneydeki adaların ormanları arasında geçirmiş olması, belki de şehre yaklaşırken yüzündeki garip ifadeyi açıklıyor.

Ama sakin ve rahat görünüyordu, diye düşündü Conan.

Belki de bir elf olarak onun için bu, gerçek bir eve dönüşten ziyade başka bir yolculuğun sonu, yolculuklar arasındaki bir duraklamaydı.

Kadınların üçüncüsü olan Zula en mutlu görünüyordu.

Küçük peri midillinin eyerine oturdu, gözleri ilerideki şehre sabitlendi.

Onlar gelmeden önce kıyafetlerinin tozunu silkeleyerek kendini düzeltmeye çalışmıştı ve şimdi bile kırmızımsı sabahlığını düzeltip elini kısa kahverengi saçlarının arasından geçirdi.

Eve dönüşü diğerlerinden daha çok bekliyor gibiydi ve Conan bunun genellikle böyle göründüğünü düşündü.

Goblinlerin aile ve yuva düşkünü olduğunu biliyordu ve Zula'nın belki de onun için bildiği yaşayan bir akrabası olmasa da burası eviydi, kendini en rahat hissettiği yerdi.

Kesinlikle onun gibi şehrin yerlisiydi.

Her zamanki gibi Snagg , okuması en zor olanıydı.

Cüce, tüm akrabaları gibi suskundu ve yüzünde artık hiçbir duygu görünmüyordu.

Zırhı ağır ve hırpalanmıştı, son haftalardaki çarpışmaların yükünü çekmişti ve Yasimina'nın iyileştirme büyüsü olmasaydı yaralanmış ya da daha kötü durumda olabilirdi.

Kalın kaşların altındaki kara gözler, cücelerin genellikle kendilerine sakladıkları düşüncelerde kaybolmuş, önlerindeki yola dikilmişti.

Conan döndü ve Tarantia ile yüz yüze geldi.

Artık orası onun eviydi, büyüdüğü ve diğerleriyle tanışmadan çok önce şimdi ne olduğunu öğrendiği yer.

Döndüğüne sevindiğinden hiç şüphem yoktu.

Çok geçmeden tekrar maceralarına atılacaklarını biliyordu ve o anların tadını çıkardı.

Ancak şehrin, yol boyunca reddedilen birçok zevki vardı.

Uygar bir yerdi, kutsal bir yerdi.

Önümüzdeki birkaç gün içinde yapılacak çok şey olacak.

Savaş Okulu'na katılıp arkadaşları ve yol arkadaşlarıyla yeniden bir araya gelip eğitimine devam etmesi gerekiyordu.

Ve buna ek olarak, tapınak şapelinde meditasyon yaparken, tam orada, kalbine en yakın tanrıya dua etti: aşk tanrıçası Muriela.

Ama hepsinden önemlisi, rahatlamak, hamamların, güzel yemeklerin ve şarabın tadını çıkarmak, pazarlarda sohbet etmek ve Muriela kabul ederse gece için arkadaş bulmak için zamanı olacaktı.

* * *

Villa şehrin batı yakasına yakındı, duvarın çok içinde değildi.

Büyük bir binaydı, önce satın aldılar, sonra maceradan kazandıkları parayla yenilediler.

Conan ve Zula bunda ısrar etmişti; uzaktayken hanlarda yaşıyorlardı ama dönecekleri bir yer, gerçekten kendilerinin diyebilecekleri bir operasyon üssü istiyorlardı.

Binayı satın aldıklarında oldukça harap bir durumda olduğu için mevcut durumuna geri getirmesi biraz zaman aldı.

Ancak sonuç, harcanan zamana ve masrafa değdi.

Merkez bina iki katlıydı ve şehirdeki birçokları gibi yaz aylarında toplanabilecekleri geniş, düz bir çatısı vardı.

Her iki tarafta, biri ahırları içeren iki kanat vardı.

Kanatların arasında şehrin geri kalanından duvarla ayrılmış geniş bir avlu vardı.

Maceracılar için, Tarantia'da olması gerektiği kadar güvenli olsalar bile, en azından bir dereceye kadar savunmaya sahip olmak doğaldı.

Atların sonuncusu da avluya girerken Yakin kapıları kapattı.

Yönetici olarak işinde yetkin, genç bir adamdı ama bir maceracı değildi.

Onu bir yıl önce, onlar çöldeyken birinin evde kalması gerektiğini fark ederek işe almışlardı.

"İyi yaptılar mı?" diye sordu: "Görüyorum ki hiçbirinizin canı yanmamış, tanrılara şükür!"

Conan gülümsedi, atından indi ve genç adamın sırtına vurdu.

"Evet, iyi iş çıkardık. Bu hazineyi kasaya götürmeli ve sonra temizlemeliyiz. Sadece hafif bir öğle yemeğine ihtiyacımız olacak; taze erzak getirmeleri için onlara zaman tanıyalım."

Etrafındakilere baktı.

Ayrıca atlarından ve midillilerinden inmişler, bindikten sonra bacaklarını esnetmişlerdi.

Yakin'i selamlamak için ona katıldılar , ancak Snagg hiçbir şey söylemeden sadece başını salladı.

Zula, atındaki sürülerle meşgul görünüyordu, sadece ara sıra onlara bakıyordu.

Belki de bir şeylerin koptuğunu düşündü...

Conan bu düşünceyi kafasından uzaklaştırdı.

Yasimina, "Bugün öğleden sonra sana her şeyi anlatacağız," dedi, "ama her şeyden önce, banyo yapıp temiz giysiler giymeyi dört gözle bekliyorum. ?"

"Evet leydim," diye yanıtladı Yakin, "ve siz yokken önemli bir şey olmadı, memnuniyetle her şeyin bıraktığınız gibi olduğunu söyleyebilirim."

"Görüyorsun," diye araya girdi Conan, "sanırım bu gece bir meyhaneye gitmek istiyorum. O zor kazanılan paranın birazını harcayıp kasabaya geri dönmenin nasıl bir şey olduğunu hatırla! Benimle kimse var mı? " "

Snagg homurdanarak onayladı ama kadınlar karşı çıktı.

"Hayır, sanırım bugün biraz huzur ve sükunet bana çekici gelir," diye yanıtladı Valeria. "Bu gece burada kalacağım."

"Ben de," diye yanıtladı Yasimina, grubun henüz onlara katılmamış olan son üyesine bakarak, "Ya sen Zula?"

"Ah..." dedi cüce, sanki biraz şaşırmış gibi, "hayır, hayır, sanırım ben de burada kalacağım. Ben, şey, sanırım erken yatacağım aslında. Kendimi oldukça yorgun hissediyorum. ne de olsa "bu sefer çadırlarda kamp yapmak".

Conan başını salladı. Belki de bu kadar uzun süredir yollarda olan başka bir şirkette bir gece geçirmek iyi gelebilirdi.

"Öyleyse sadece sen ve ben, Snagg ," dedi ve ekledi, " döndüğümüzde fazla kabadayılık yapmamaya çalışırız . Ama önce, önümüzde bir öğleden sonra var... ve eğlendirecek genç bir adam. macera hikayelerimizle." ha?

***

Gold Cup Inn gecenin bu saatinde her zamanki gibi doluydu.

Yer kiralık odalar olmasına rağmen, bir han olduğu kadar bir tavernaydı, bu yüzden dışarıda gölgeler uzamaya başladığında, Tarantia'nın pek çok iyi insanı eve gitmeden önce bir şeyler içmek için içeri girdi.

Bununla birlikte, müşteriler genellikle saygındı, bu nedenle, şehrin diğer bölgelerindeki daha az övgüye değer bölgelerdeki tavernalarda sıklıkla olduğu gibi, kavga veya başka türlü hoş olmayan bir şey olma şansı çok azdı.

Conan'ın burayı sevmesinin nedeni buydu ve ayrıca şehir dışından orta düzeyde varlıklı ziyaretçilerin sık sık burada kalması nedeniyle iş bulmak için de iyi bir yerdi.

Snagg'ın bu gece buraya gelmelerinin nedeni bu değildi .

Şu an için yeterince işleri vardı.

En azından bir gece dinlenmek ve eğlenmek istiyordu.

Boş bir masa buldu ve ikisi de oturup bir içki ısmarladı.

Fark etmekten kendini alamayan garson kız güzeldi.

Yirmili yaşlarının sonundaydı, altın rengi kum rengi omuz hizasında kıvırcık saçları, kahverengi gözleri ve davetkar bir gülümsemesi vardı .

Kısa kollu beyaz gömleği dekolteydi ve bol göğüs dekoltesi ortaya çıkıyordu.

Ve görebildiğim kadarıyla cildi güzel ve hafif bronzlaşmıştı.

"Yenisin," dedi, kadın bir tepsi içkiyle geldiğinde gülümseyerek, "adın ne?"

"Livia," dedi basitçe, onu güzel beyaz dişlerle dolu bir gülümsemeyle karşılayarak.

Bunu yaparken, gözlerinin onun üzerinde gezindiğini fark etti, koyu renk saçlarını, kısa sakalını ve onu sık sık egzersiz yapan bir işten beklediği oldukça zayıf, atletik bir vücuttu.

Bakışları hafifçe kulaklarının üzerinde gezindi, hafifçe sivriydi ve yarı-elf mirasını gösteriyordu.

"Birkaç haftadır burada çalışıyorum ama onu daha önce görmedim. Sık sık gelir mi?"

Snagg'a kısa bir bakış atarak masaya birkaç kupa koydu ama sonra, görünüşe göre ilgi çekici bir şey göremeyince Conan'a döndü.

"Benim adım Conan," diye yanıtladı, "aslında yakınlarda yaşıyorum. Ama Snagg ve ben son zamanlarda buradan uzaktayız."

"Bir maceracı mı?" "Ya da belki bir tüccar?"

"Öncelikle, eğer vaktin varsa, sana anlatacak pek çok ilginç hikâyem olduğunu söyleyebilirim."

Snagg'ın gözleri yorum üzerine hafifçe yuvarlandı.

Elbette, bir cüce için bu bile biraz fazla abartılıydı.

"Belki daha sonra," dedi Livia, "başka müşteriler de gelir."

Bir kez daha hızlı bir şekilde gülümsedi ve tekrar kalabalığın içinde kayboldu.

"Pekala, dostum," dedi Conan, maceracı arkadaşına dönerek ve kupasını kaldırarak, "Son zaferlerimize!"

Akşam ilerledikçe, son maceralarının hikayelerini değiş tokuş ettiler ve küçük bir grup masanın etrafında toplanmaya başladı.

Conan, bazılarının bu meyhaneye sık sık gelen tanıdıkları ve arkadaşları olduğunu biliyordu, ancak bazılarını da en iyi ihtimalle belli belirsiz tanıdığı kişilerdi.

Snagg, daha fazla bira içtikçe daha değişken hale geldi, ancak savaşçı onu durdurmak için hiçbir neden görmedi.

Zenginlik ve hazineden çok dövüşler ve ölüme yakın kaçışlardan bahsediyordu ve biraz övünemeyeceksen maceracı olmanın ne anlamı vardı?

Ayrıca, dikkati genellikle başka yerlerdeydi.

Snagg gölgeli bir ölümsüzle savaşmakla ilgili bir hikayeye başlarken , Conan Livia'ya baktı.

Hikâyelere dikkat ettiğini fark etmişti ve kim konuşursa konuşsun, gözleri cüceden çok onun üzerindeydi.

Ancak bu noktada, barın arkasından bir sürahiye uzanmak için eğiliyordu.

Yeşil eteği baldırlarının ortasına kadar iniyordu, bu yüzden bacaklarını çok az görebiliyordu ama poposu oldukça yuvarlaktı.

Eteksiz hayal etti, avuçlarının arasında nasıl bir his olurdu...

"Ve daha sonra...?"

"Hmm?" Başka bir yere baktığını ve konuşmanın konusunu kaçırdığını fark ederek Snagg'a döndü .

"Onlara, Yasimina'nın şişesi kuyuya düştükten sonra ne yaptığınızı anlatın," diye teşvik etti cüceye.

Hikayeye geri dönerek ve bir an için Livia'yı unutarak itaat etti.

Ama sonra masanın diğer tarafında belirdi ve yoluna çıkan bir lekeyi sildi.

Gömleğinin üst kısmının ve göğüs dekoltesinden dışarı çıkan göğüslerinin tümseklerinin net, engelsiz bir görüntüsünü vererek, bunu yaparken çok kasıtlı olarak eğildi, diye düşündü.

Boğazını temizledi, "Sana dönelim..." dedi Snagg'a .

Livia ona tekrar o gülümsemeyi verdi, masanın etrafında onun yanına gelene kadar dolandı ve güzel kalçasını eline doğru çekti.

Bu bir kaza olamazdı, bu yüzden elini gizlice yukarı kaydırdı, eteğinin kalın kumaşından vücudunun şeklini hissederek kalçasını hafifçe sıktı.

Hiçbir şey söylemedi ve o sırada herkes Snagg'a bakıyordu.

Adam ona baktı, o da tavana, hanın yatak odalarına baktı ve ona göz kırptı.

Sessizce başını salladı ve sonra kadın gitti, bara ve başka bir müşteri grubuna doğru gitti.

***

Conan karanlık odada volta atıyordu.

Daha büyük olan ay, şehrin üzerine gümüş ışığını saçarak dışarıya doğru yükseliyordu ve bir kısmı küçük pencereden içeri sızıyordu.

Öğleden sonra sona ermişti ve Snagg gitmiş, villaya tek başına dönmüştü.

Buna boyun eğmiş görünüyordu, özellikle şaşırmamıştı ama bunu da onaylamıyordu.

Ne de olsa cüceler Muriela'ya tapmıyorlardı.

Conan çoktan beline kadar soyunmuş ve sandaletlerini çıkarmıştı, kıyafetleri katlanmış halde köşedeki bir sandalyenin üzerindeydi.

Odada sadece bir yatak ve küçük bir masa vardı.

Hanın en zarif odalarından biri değildi ama bunun pek de önemi yoktu.

Ayna yoktu ama savaşçı yine de elinden gelenin en iyisini yapmaya çalışarak saçlarını düzeltti.

Son konuklar da evlerine gittiklerinden ya da odalarına çıktıklarından alt katın temizlendiğini duyabiliyordu.

Kapı sessizce çalındı ve hızla kapıyı açmak için uzandı.

Livia bir elinde küçük bir tabakta bir mum tutarak kapı eşiğinde çerçevelenmiş duruyordu.

Mum ışığı yüzünü ve göğsünü aydınlatıyordu, kıvırcık saçları gölgeler düşürüyordu, dudakları hafifçe aralanmış ve davetkârdı.

"Gelmeyeceğinizi düşünmeye başlamıştım," dedi şaka yollu ama bekleyiş çok uzun sürmemişti.

"Hiç şansım olmamıştı," dedi, o gülümsemesini bir kez daha göstererek.

Hızla odaya girdi, kapıyı arkasından sıkıca kapattı ve mumu masanın üzerine koydu.

Conan kapatmak için hareket etti ama onun eline uzanıp kendi elinde tuttu.

Teni yumuşak, sıcaktı.

Livia, "Bırak onu," diye mırıldandı, gözleri onun çıplak göğsünde ve vücudunun üst kısmında geziniyordu.

Aniden boştaki eliyle başını kavradı ve onu kendine çekerek tutkuyla öptü.

Öpücük gecikti, dudakları buluştu.

Conan kollarını ona doladı, onları birbirine çekti, sadece gömleğinin pamuklu kumaşıyla ayrılan şehvetli göğüslerini göğsünde ezdi.

Kolları ona dolandı, elleri sırtını keşfederek omurgasından aşağı bir beklenti ürpertisi gönderdi.

Durdular, derin bir nefes aldılar ve birbirlerinin gözlerinin içine baktılar ve sonra tekrar öpüştüler, dilleri birbirine dolandı.

Sonunda geri çekildi ve adam ona tekrar baktı, göğsünün kabarmasına hayran kaldı.

Eğildi ve beyaz gömleğini çıkardı, ellerini yanlarından yukarı kaydırdı, sonra kollarını kaldırırken onu başının üzerine kaldırdı.

Tekrar gülümsedi ve basit bir cümle söyledi, "Seninle iyi miyim?"

Gerçekten bir cevaba ihtiyaç duymayan bir soruydu; o muhteşemdi.

Cevap vermek yerine göğüslerini ellerinin arasına aldı ve parmaklarını teninde gezdirdi.

Göğüs uçları da büyük ve pembeydi, başparmaklarını okşadığında zaten sert ve dikenliydi.

Onu tekrar kendine çekti ve ellerini saçlarının arasından geçirip boynunun hatlarını çizerken öpüştüler.

Onu dikkatlice yatağa götürdü, dönüşümlü olarak onu öptü ve göğüslerine dokundu.

Livia sırt üstü yatarken içini çekti ve Livia, yanındaki yatağa tırmandı.

Çenesini ve ardından köprücük kemiğine inerek boynunu öptü.

Göğüslerinin şekline hayran kalarak bir an duraksadı, sonra başını bir tanesine doğru eğip diliyle meme ucuna hafifçe vurdu.

Duyulamayan ama mutlu bir şeyler mırıldandı ve adam nazikçe emmeye ve dilini hassas cilt üzerinde gezdirmeye devam etti.

Boş göğsüne masaj yaptı, sonra yerini değiştirdi.

Kendi elleri onun kolunda, omzunun üstünde gezinirken sıkı vücudunu hissederken tadı güzeldi.

Yukarı baktı ve gözleri tekrar buluştu.

"Mmm... durma" dedi.

Cevap vermek yerine göğüs kemiğinin altını öptü, sonra karnına doğru hareket etti.

Cildinin yumuşaklığı ve vücudunun şekli, iyi hatları, ancak sert kasları olmadan bir kez daha düşündü.

Eteğinin eteğine uzandı ve yataktan kalkıp bacaklarının arasına yerleşti.

Eteğini ve pamuklu külotunu kalçalarının üzerine çekti, bacaklarının üzerinden kaydırarak yere yattı.

Livia ayakkabılarını fırlattı ve onun önünde çıplak ve çaresiz bir şekilde durdu.

Çıplak, bacakları meyhanede hayal ettiği kadar güzel görünüyordu.

Ellerini kalçalarının üzerinde gezdirdi, yavaşça yukarı kaldırdı ve kasık kıllarının hemen yanındaki kalçalarını öptü.

Bacakları ayrıydı ve o, mum ışığında aralarında parıldayan bir nem damlasını izlerken nefesinin ısısı onunla alay ederek, aralarında yumuşakça esiyordu.

"Ah evet," diye içini çekti Livia, "evet lütfen..."

Dilini yarıkta gezdirdi, sonra dudaklarını ayırarak onun amının sıcak, davetkar etini inceledi.

Livia zevkle nefesini tuttu, kalçaları çarşaflara karşı şehvetle kıvranıyordu.

Conan ellerini poposuna koydu ve dilini klitorisine doğru kaydırarak emmeye ve yalamaya devam etti.

Livia şimdi usulca inliyordu.

Sol kulağının sivri çizgisi boyunca uzanan saçlarını okşamak için elini indirdi.

Kadının nefesi daha ağır, daha heyecanlı hale geldikçe o harika göğüslerin inip çıkmasını izledi.

Yalamaya devam ederken şimdi parmaklarından birini amına sokarak görevine geri döndü.

Adam klitorisiyle oynarken inledi, onun altında hafifçe kıpırdandı, o da inlemelerini tutkulu nefeslere çevirerek tekrar yaptı.

Karşısındaki kızın güzelliğine bir kez daha hayran kalarak ayağa kalktı.

Livia dirseklerinin üzerinde doğruldu, artık yüzünden aşağı ter damlıyor ve alnına bir bukle batıyordu.

Bakışları onun vücudunda gezinirken bir kez daha yatağın yanına oturdu.

"Eğlendin değil mi"

Karşılığında bir öpücük alarak onunla dalga geçti.

Eli yan tarafından aşağı kayarken göğüslerinden birini tekrar okşamak için uzandı.

Kemerini çekiştirdi, kordonu biraz güçlükle gevşetti, sonra kalçalarının üzerinden geçirdi.

Külotunu çıkardı ve eli penisini buldu, penisinin uzunluğu boyunca okşadı, parmağını ucunda gezdirdi, tomurcuğa dokundu.

Kendi eli ereksiyonunu okşarken, en yakın memesini tekrar öptü, meme ucunu emdi, yaladı.

Onun dokunuşunun yumuşaklığına bir kez daha hayret etti, ki bu onu yalnızca daha büyük bir coşkuya sevk ediyor gibiydi.

Aletini vajinasının ıslak tüylerine sürttü ve adam yukarı baktı, onun yalvaran bakışlarıyla karşılaştı.

Bacağını döndürerek, ağırlığını göğüslerine bastırarak, onun üzerine oturdu.

Karşılama önünü derinden iterken onu içeri yönlendirdi.

"Aman tanrım," diye mırıldandı, ileri geri sallanmaya devam ederken bir kolunu boynunun arkasına doladı ve diğer eliyle poposunu avuçladı.

Şimdi nefes nefeseydiler, onun vücuduna tekrar tekrar saplanırken içinde bir zevk kabarıyordu.

O göğüslerinden birine masaj yaparken öpüştüler ve parmağını kulağının çevresinde gezdirdi.

Olayın bir an önce bitmesini istemediği için bir an duraksadı.

Mum ışığında parıldayan kahverengi gözleri canlıydı ve gülümsemesi her zamanki gibi bulaşıcı ve davetkardı.

Tekrar hareket etmeye başladı, kalçalarının kendisine bastırdığını hissetti, eli şimdi kalçalarını daha sıkı kavradı, kabarık pembe meme uçları dans etmeye devam ederken göğüsleri terden damlıyordu.

Livia gelirken çığlık attı ve kendi orgazmı vücudunu kasıp kavururken onu kendine çekti.

Conan bile maceradan döndüğü ilk gecenin bu kadar keyifli geçeceğini tahmin etmemişti...

BÖLÜM II
ZULA

Zula, yatak odasının kapısını arkasından kapattı ve bir an için kapıya yaslandı, birdenbire gerilmişti.

Yakin kendi gece işini tamamlamak için ayrıldıktan sonra, gece sohbetinden izin almıştı.

Yorgun olduğunu iddia etmişti ama gerçek oldukça farklıydı.

Sihirli kristal küreyi çantasından çıkardı ve elinde tuttu, ona baktı, kalbi hızla çarpıyordu.

Onu bir yer altı odasının arka tarafına yakın bir yerde bir çöplüğe gömülü halde bulduğunda, grubun hazinesindeki ganimetin herhangi bir parçası gibi onu da diğerlerine teslim etmeyi planlamıştı.

Ama bu, ne kadar yararlı olacağını ve onunla tam olarak ne yapabileceğini anlamadan önceydi... keşke diğerleri onda olduğunu bilmeseydi.

Bunu yaptığı için kendini suçlu hissetti, özellikle de asıl amacının ne olduğunu düşündüğünde.

Belki de onlara söylemeli ve ganimetten kendi payı olarak bunu talep etmeliydi.

Bilmeseler çok daha kolaydı... ama aynı şekilde, şimdi öğrenirlerse son derece utanç verici olur.

Ama bunun için artık çok geçti.

Elinde kristal küre vardı ve kullanmaya niyeti yoksa onu almanın da bir anlamı yoktu.

Bu, her iki olasılığın en kötüsü olurdu.

Sakinleşmek için nefes alarak kapının iç tarafındaki mandalı kaydırdı, kapattı ve yatağına yöneldi.

Ceketini çıkardı, bir kenara koydu, yatağın üzerine oturdu ve çizmelerini de çıkardı.

Bir peri olarak konforu severdi ve yatak şimdiden davetkâr geliyordu.

Yorganın üstüne uzandı, yumuşak kumaşını çıplak ayak parmaklarıyla yokladı ve başını yastığa iyice koydu.

Böylece, kendini biraz daha rahatlamış hissederek, küçük sihirli küreyi önüne serdi.

Bir şeyleri nasıl harekete geçireceğini elbette biliyordu, birkaç yıl önce daha önce yapıldığını görmüştü.

Yararlı araçlardı, ancak nadirdi ve birinin eline geçmesine izin veren sadece onun şansıydı.

Küreye baktı, onu canlandırdı, sonra nazikçe kapalı bir gözüne bastırdı.

Cam parlamaya başladı ve önünde puslu bir ışık diski belirdi.

Elini açtı ve top, hala yüzünün önünde sabitlenmiş olan küreyi geride bırakarak yükselmeye başladı.

Diskin içinde oluşan şekilleri görebiliyordu: karanlık odasının kendi gözleriyle değil, kristal kürenin bakış açısından görülen bir görüntüsü.

Aslında büyülü bir göz, diye düşündü.

Şimdi nereye gitmesini istediğini düşünmesi ve kimsenin onu görmemesini umması gerekiyordu.

O kadar küçüktü ki dikkatli olduğu sürece kesinlikle kimse bunu yapmazdı.

Artık kimsenin haberi olmadan istediği yere bakabilirdi... ve özellikle bakmak istediği bir yer vardı.

Gözün açık pencereden dışarı süzülmesini ve başka bir açıklıktan kaydığı zemin kata inmesini diledi.

Pencerenin üzerindeki metal parmaklık nedeniyle bu alan bir insanın sığamayacağı kadar dardı ama bu göz kadar küçük bir şey için değil.

Gözünü diğerlcrini bıraktığı ana odaya çevirdi ve kapının hemen üzerinde, tavana yakın gölgelerde asılı bıraktı.

Ev sadece şurada burada birkaç meşaleyle aydınlatılıyor, geriye pek çok karanlık parça kalıyordu.

Kapıdan, zaten geri çekiliyor gibi görünen Yasmina ve Valeria'yı görebiliyordu , görünüşe göre Conan ve Snagg'ı beklemek istemiyorlarsa bu gece yapabilecekleri başka bir şey olmadığına karar vermişlerdi .

Doğru anı bekleyerek, onlar merdivenlerden çıkana kadar gözü olduğu yerde tuttu ve sonra yavaşça koridordan arka kapılardan birine doğru hareket ettirdi.

Yerin büyülü görüntüsü olağanüstüydü, sanki kendisi orada duruyormuş ya da daha doğrusu tavanın hemen altında havada süzülüyormuş gibiydi.

Ayrıntılar kendi görüşü kadar keskindi ve neredeyse aynı görüş alanına sahipti.

Ama karanlık bir odada olması iyi bir şeydi, çünkü önündeki diskte beliren gölgeler, kendisi ışığın altında dursaydı her şeyi karartabilirdi.

Arka koridora girer girmez hedefini gördü: Yakin.

Yakin elbette bir insandı ve trajedi burada yatıyordu.

Yakışıklı bir çocuktu, ondan birkaç yaş küçüktü ama onun tipi olacak kadar yaşlı ve ilgisini çekecek kadar olgundu.

Görünüşü, açık kahverengi saçları ve düz burnuyla tam bir peri olabilirdi.

Ama öyle değildi, bu da aralarında her zaman bir uçurum olacağı anlamına geliyordu.

İnsanlar genellikle elflerle karışırdı - Conan bunun canlı kanıtıydı - ama asla goblinlerle karışmaz.

Boyut farkı, onların algıları için çok büyük bir engeldi ve eğer dürüst olursa, çoğu goblin için de öyleydi.

1.75 boyundaydı, cüce bir kadın için gayet makuldü ama Yakin gibi bir insana karşı... eh, dürüst olmak gerekirse, sorun kasıklarındaki şeydi ve bu onun için fazla büyük olurdu .

Yazık oldu, gerçekten öyleydi.

Keşke onu küçültmenin bir yolu olsaydı da onu normal bir kadın gibi kabul edebilseydi.

Başka bir şekilde bir kız gibi görünmüyordu; göğüsleri ve kalçaları onu herhangi bir insan kadını kadar biçimli yapıyordu.

Cüceler, kalın yapıları ve bodur uzuvlarıyla farklıydı; Bir insan bir cüce büyüklüğünde olsa bile, onu çekici bulmanın pek mümkün olmadığını düşündü.

Ve eğer bir cüce olsaydı, muhtemelen Yakin'de hiçbir şey görmezdi.

Ama değildi ve gerçek şu ki çekici bir genç adamdı ve her zaman düşünceli ve yardımseverdi.

Onu düşünerek bu yatakta kaç kez yatmıştı?

Son birkaç gün içinde kaç kez onun yüzünü yeniden yanına gelene kadar beklerken hayal etmişti?

Kaç kez onun hakkında hayaller kurmuştu, onun bir şekilde kendi boyuna küçüldüğünü ve öyle olsaydı birlikte ne yapabileceklerini hayal etmişti?

Ama bunu bu gece yapmak istemiyordu; sadece ona bakmak istedi, ne hissettiğini bilseydi her şeyin umutsuzca rahatsız olacağını biliyordu.

Çünkü o bir insandı ve onun duygularına, arzularına asla karşılık veremezdi.

Bu yüzden yatağa uzandı ve onun panjurları kapatıp meşaleleri söndürerek villayı geceye hazırlamasını izledi.

yattıktan sonra tekrar aşağı inmesi ve gözün odasına geri dönmesi için pencereyi açması gerektiğini fark etti .

Ama bir an için onu gördüğüne sevinmişti.

Bir süre sonra, görünüşe göre geceki görevinden memnun olan Yakin, yan kapılardan birine yöneldi.

Zula, odasına giden yolun bu olmadığını hemen anladı.

Aslında, bu düşünceyle neredeyse kalbi yerinden çıkacaktı, bunun banyonun kapısı olduğunu fark etti!

Tarantia şehri, varlığının bir nedeni olarak kaplıcalar üzerine inşa edilmiştir.

Şehrin her yerinde bulunan birçok villa gibi villanın da doğal olarak ılık suyla dolu kendi banyosu vardı.

Kendisi daha önce seyahat kirini ve tozunu temizlemek için kullanmıştı, bir aydan uzun süredir ilk düzgün banyosuydu.

Farkında olmadan, biraz önceki kararını unutarak sol elini göğsüne götürdü ve cübbesinin kırmızımsı kumaşını okşadı.

Göğüs uçları dokunuşla sertleşti.

Yakin oraya bir şeyi düzeltmek için mi gidiyordu, yoksa...?

Gözünü onun arkasındaki kapıdan içeri kaydırdı ve tavana doğru çevirdi.

Yakin aniden döndü, arkasına baktı ve kapıdan dışarı çıktı.

Gözü görmüş müydü?

Çok mu hızlı hareket ettirmişti?

Zula şimdi felç olmuştu, hareket etmeye cesaret edemiyordu, sanki bir şekilde onu görebiliyordu ve yüzen bir kristal küre değil.

Ama genç insan, görünüşe göre hiçbir şey görmeden başını salladı ve odaya geri dönerek kapıyı arkasından kapattı.

Yaklaşmıştı ama görünüşe göre o gözünü gözden uzak tutmayı başarmıştı.

Ancak şimdi, onu tavana yakın, odayı aydınlatan iki lambadan uzaklaştırmaya cesaret edemiyordu.

Onu tekrar şüphelendirme riskini alamazdı.

Yakın havlulardan birini çıkarıp banyonun yanına koydu.

Adamın gerçekten banyo yapacağını anladı ve orijinal planı düşüncelerinden tamamen silinip gitti.

Lambaları kapatıp evi karanlığa gömene kadar sadece onun çalışmasını izlemek istiyordu ama şimdi her şey farklıydı.

Sol eliyle tekrar göğsünü ovuşturdu, kumaşı buruşturdu, diğer elini uyluğunun iç tarafına kaydırırken heyecanını hissetti, kayışlarının yumuşak derisinin etine bastırdığını hissetti .

Nefes aldı, beklentiyle içini çekti, gözleri büyüdü.

Yakin tuniğini silkti, sonra ayakkabısının bağcıklarını çözmek için eğildi.

Denediği her şeye rağmen, onu daha önce hiç yarı çıplak görmemişti .

Çıplak bir erkeğin neye benzediğini gerçekten bilmediğini fark etti.

Elflere ne kadar benzerler?

Şimdiye kadar gördüklerinden yola çıkarak, hiçbir fark yoktu.

Yakin orta derecede yapılıydı, açık teni kusursuz ve pürüzsüzdü, göğsünün üst kısmında hafif bir kıl tabakası vardı ama çok azdı.

Fiziği onu her zaman hayal ettiği gibiydi, ince ama aşırı kaslı değildi, göbeği dümdüzdü.

Kendi kıyafetini tutan bağcıklarla uğraşmaya başladığında beline baktı.

Sonra Yakin arkasını döndü.

Görmek istediği sırtı değildi, ama şimdi sırtı ona dönüktü, ayakkabılarını ve tuniğini dikkatle önündeki sıraya yerleştiriyordu.

Daha iyi görebilmek için gözünü hareket ettirmeye cesaret edemedi ve durumu hakkında hiçbir şey yapamadan sadece ona baktı.

Yakin yumuşak bir hareketle uzun çoraplarını çıkardı, ardından altına giydiği pamuklu şortu indirdi.

Kalçaları sertti, biçimliydi, onun sevdiği türdendi.

Ama daha fazlasını görmek istiyordu.

Neden bu kadar uzun sürdü?

Hüsrana uğramış bir homurdanmayla sol elini aşağı indirdi, tuniğini araladı, içine uzandı ve çıplak göğüs ucunu çimdikledi.

Dantel düğümleri çözüldü ve diğer elini külotunun içine kaydırdı, parmaklarını kasık kıllarının üzerinde ve bacaklarının arasındaki yarığa kadar gezdirdi.

Amcığı arzuyla ağrıyordu ama sessizce merak ederek kendini durmaya zorladı.

Gerçekten zorunda mıydı?

Evet.

Kesinlikle istiyordu.

Yakin banyoya geri döndü ve önünde çırılçıplak bir şekilde durdu ve ilginç olan her şey göz önündeydi.

O an, iki olasılıktan hangisinin gerçek olmasını gerçekten istediğini düşünmediğini bile fark etti.

İnsanın diğer açılardan iri olmasına rağmen, penisinin bir goblin büyüklüğünde olmasını beklemiş miydi, bu da ona uzak da olsa bir umut veriyor, bir gün onu kalçalarının arasına yerleştirmeyi seçebileceğini umuyor muydu?

Yoksa aklının karanlık bir köşesinde, insanların her yönden goblinler gibi orantılı olmasını, aletini de geri kalanı kadar büyük ve güçlü kılmasını ummuş muydu?

Son olasılığın gerçek olasılık olduğu artık çok açıktı.

Daha önce hiç çıplak insan görmemişti ama çıplak goblin adamlar görmüştü ve Yakin, tüm boyutlarıyla kesinlikle bir goblin'e benziyordu.

Bu onun penisi için ne kadar büyüktü, özellikle de tamamen ereksiyon halindeyken?

Şimdi dik değildi ve kocaman görünüyordu, tamamen dikildiğinde ne kadar büyük olurdu?

Bu, ona sahip olma umutlarını daha ne kadar yıkmıştı?

Şu anda umurunda değildi.

Sol eli göğsünü okşarken, kedi dudaklarının arasına bir parmak soktu.

Çok ıslaktı, sıcaktı ve onun dokunuşundan acıyordu.

Kurtulmaya ihtiyacı vardı ve buna bir an önce ihtiyacı vardı.

Parmağı klitorisini okşadı ve ani bir zevk dalgası yaşarken nefesi kesildi.

Ona o kadar çok ihtiyacı vardı ki bu canını yakıyordu.

Evet, daha önce Yakın'ı düşünerek birçok kez mastürbasyon yapmıştı ama hiç böyle olmamıştı.

Onun banyodan önceki çıplak görüntüsü kesinlikle sonsuza kadar aklında tutacağı bir görüntüydü.

Sonsuzluk gibi geliyordu, ama banyonun ılık sularına kayması çok uzun sürmemiş olabilirdi.

Şimdi o gece kendisinin kullandığı kokulu sabun ve pomza taşını arıyor.

Sular temiz ve berraktı, dalgaların çarpıttığı tüm vücudunu görmesine izin veriyordu ama fantezilerini beslemek için fazlasıyla yeterliydi.

Parmağını amının içine ve dışına kaydırdı, bir ritim buldu, cinsiyetinin kaygan ıslaklığını hissetti.

Sonra sevdiği kişiye bir kez daha bakarak daha önce hiç yapmadığı bir şey yaptı ve ikinci parmağını dürttü.

Pompalamaya başladı, daha güçlü vuruyordu, nefesi kesik kesikti, diğer eliyle meme ucunu çekiştirip baş ve işaret parmakları arasında çeviriyordu.

Yakın'ı çok istiyordu ama onu yatağına itiyormuş gibi hissetmek için yapabildiği tek şey buydu.

Parmaklarını daha derine zorlarken çok çalıştı, o büyük horozun tamamen dik olduğunu, hevesli amına doğru ilerlediğini hayal etti.

O sıkı kalçaların içinde artan bir güçle çarptığını hayal etmek.

Üçüncü parmağını şehvetli tutkusuna soktu, sıkı ve neredeyse acı verici buldu.

"Seni becerebilirim, biliyorum, yapabilirim..." diye nefesi kesildi, aniden yüksek sesle konuştuğunu fark etti.

Sonra doruk noktası onu vurdu ve yataktan fırladı, orgazm dalgaları üstüne çarparken küçük bedeni sarsıldı, gaddarlıkları baş döndürücüydü, önündeki ışık diskindeki çıplak adamın görüşünü bile kör ediyordu.

BÖLÜM III
CASSANDRA

Karanlık, kukuletalı figür karanlık bir arka sokakta yürürken, yumuşak tabanlı deri çizmeler çok az ses çıkardı.

Yakındaki evler büyüktü, bazıları Tarantia'daki en zengin evlerdendi ve çoğu gecenin bu saatinde içeriden gelen fener ışığıyla aydınlanıyordu.

Dışarıdaki karanlık olmasaydı bile, uzun, kukuletalı pelerin altında gizlenmiş olan figürün özelliklerinin çok azı görünür olabilirdi.

Figür kimsenin izlemediğinden emin olmak için etrafına bakındı ama sokak ıssızdı.

Evlerden birinin arka kapısına yaklaştı ve hafifçe vurdu.

Uzun bir aradan sonra kapı hafifçe açıldı ve bir insan yüzü dışarı baktı.

Görünüşe göre ziyaretçinin kimliğinden memnun olan adam kapıyı daha geniş açtı ve figür içeride kayboldu.

İç oda kasvetliydi, sadece hizmetçinin elindeki avizeyle aydınlanıyordu.

Cassandra pelerininin kapüşonunu geri çekerek soluk tenli ve omuz hizasında kahverengi saçlı güzel ama ciddi bir yüzü ortaya çıkardı.

Bununla birlikte, ebeveynliği, belki de saklanma nedeni olduğu gibi, hemen belli oldu.

Saçının hemen altında iki küçük siyah boynuzun uçları vardı ve gözleri mum ışığında iki koyu lal taşı gibi parlıyordu, kesinlikle doğal olmayan kırmızımsı bir renk tonu.

"Hanımefendilerinize varlığınızı haber vereceğim," dedi adam, görünüşe göre onun açıkta görünmesine hiçbir tepki göstermeden, "ve lütfen burada bekleyin."

Bunu söyledikten sonra, mumu da alarak ve odayı neredeyse tamamen karanlığa boğarak oradan ayrıldı.

Adamın bunu fark edip etmediği hakkında hiçbir fikri olmasa da, bunun Cassandra için pek bir önemi yoktu.

O bir yarı iblisti, kanı cehennemin karanlığıyla lekelenmişti.

Atalarının çoğu insandı elbette ama büyük-büyük-büyükannelerinden biri kendini bir iblisle şehvet dolu bir geceye adamıştı ve sonuç olarak büyük büyükbabasını terk etmişti.

Cehenneme dokunan soyunun nesiller boyu nasıl yayılmış olduğu bir yana, kesin ayrıntıları bile bilmiyor ya da umursamıyordu ama kanındaki cehennem lekesi ona daha sıradan insanlara göre bazı avantajlar sağlıyordu.

Bunlardan biri, bir kedinin görüşüne bile meydan okuyabilecek kadar karanlıkta görme yeteneğiydi.

Buranın ziyaretçiler için bir bekleme odası olduğu sonucuna vardı ve evin sahibinin vardıklarında başkalarının görmesini isteyip istemediği onun için net değildi.

Muhtemelen çoğunlukla esnaf ama onun gibiler de.

Oda çok az dekorasyona ve sıkıca kapatılmış tek bir pencereye sahipti.

Burada bir çift sandalye vardı, ikisi de işlevseldi ama gerçekten eve sığacak kadar pahalı değildi.

Tek karakter dokunuşu, koridorun ilerisinde, küçük bir kaidenin üzerinde duruyordu.

Bronz döküm bir heykelcikti, küçük bir su perisini becermekle uğraşan, inanılmaz derecede büyük bir fallusa sahip bir satiri gösteriyordu.

Su perisinin ağzı açıktı, çığlık atıyordu ama heykelciği, heykeltıraşın bunu zevk için mi yoksa acı için mi amaçladığını söylemek için çok belirsizdi.

Bunun oldukça kasıtlı olduğundan şüpheleniyordu.

Her iki durumda da, koridorda olması tuhaf bir şey gibi görünüyordu.

Adam, kesinlikle onu yerine koymayı amaçlayan bir bekleyişin ardından geri döndü, ancak gerçekten rahatsız edecek kadar uzun değil.

"Hanımefendi şimdi sizinle görüşecek," dedi, onu takip etmesini işaret ederek.

Kaidesi ve şekli dışında herhangi bir pahalı ve gösterişli eve çok benzeyen bir koridordan geçti.

Bronz heykelin oraya kendi çıkarı için mi konduğunu, öyleyse ne mesaj vermesi gerektiğini merak etti.

Belki de amacı sadece onu huzursuz etmekti, ama öyleyse başarısız olmuştu.

Bir yarı iblisi şaşırtmak için bundan fazlası gerekirdi.

Sonunda, üzerinde soyut bir alçak kabartma bulunan, adamın ilerideki daha aydınlık bir odayı belirtmek için açtığı çift kişilik ahşap bir kapıya geldiler.

İçeri girmesi için işaret etti, sonra geldiğinde, geri adım atıp kapıyı kapatmadan önce odadaki kişiye sessizce eğildi.

Leydi hazretleri açıkça bir sapıktı.

Duvar halıları, odanın dört duvarından üçüne asılmış, olabilecek diğer kapıları veya pencereleri gizlemişti.

Tek çıplak duvar, az önce girdikleri ve odayı aydınlatan aplikli parlak fenerlerin bulunduğu kapının bulunduğu duvardı.

Ayrıca iki sandalye ve küçük bir masanın üzerinde bir şişe şarap ve bir bardak vardı.

Boş sandalyeye otursaydı, masa ulaşamayacağı bir yere gelecekti ama daha da önemlisi, sadece duvar halılarıyla kaplı üç duvar görülebilecekti.

Koridordaki heykelcik onu rahatsız etmek istese de istemese de duvar halıları kesinlikle rahatsız edebilirdi.

Her biri, grafik ve açık cinsel eylemlerde bulunan çıplak vücutlarla dolu bir gece bahçesi gösterdi.

Tutkulu olandan tuhaf ve hatta acımasız olana kadar değişiyorlardı.

İnsanlara ve elflere ek olarak, canavar adamlar ve yarı iblisler de öne çıkıyor gibiydi ve çiftlerin çoğu aynı cinsiyettendi.

Bunların hiçbirinin buraya neden davet edildiğiyle bir ilgisi yoktu ve zihni sadece bir önlem olarak kaçış taktikleri oluşturmaya başladı.

Leydi Gedren, kırmızı kumaşla kaplanmış tahtı andıran iki sandalyeden daha büyük olanında oturuyordu.

"İyi akşamlar," dedi ipek gibi pürüzsüz bir sesle, "oturun."

Cassandra gelmeden önce önündeki kadınla ilgili ödevini çoktan yapmıştı.

Leydi Taramis Gedren, yerel soyluların sosyal çevrelerinde nadiren görülüyordu ve bunun iyi bir nedeni vardı: kendisi de bir kara elfti.

Cassandra'nın belirleyebildiği kadarıyla, bir nedenle kendi toplumundan dışlanmış ve buraya yerleşmiş, ticaret ve büyü işleriyle servetini kazanmıştı.

"Hanımefendi" unvanı, onun süper ayrıcalıklı yetiştirilme tarzından kalma, yalnızca bir yapmacıktı.

Yüzünü kara elfe dönerek boş sandalyeye oturdu.

Lord hazretlerinin sol omzunun üzerinde, bir minotorun sert horozuyla boğulan bir elf kadının tasviri ve diğerinin üzerinde, bir erkek kara elf tarafından tecavüze uğrarken bir ağaca zincirlenmiş bir insan erkeğinin resmi vardı.

İnsanın kendi duruşuna bakılırsa, zincirlere rağmen bu görünüşe görc çok keyif aldığı bir şeydi.

Cassandra gözlerini önündeki kadına sabitleyerek iki görüntüyü de görmezden geldi.

"İyi olduğunuzu duydum," dedi leydi hazretleri.

Yarı iblis hiçbir şey söylemedi: Koşullar göz önüne alındığında, ifade oldukça belirsizdi.

"Sahibinin bilgisi olmadan bir şeyler elde etmek," diye ekledi Kara Elf Okçu kısa bir sessizlikten sonra, "başkalarının kutsallığına saygısızlık edilmemeyi tercih edecekleri yerlere girerken. Bu doğru mu?"

"Evet," diye yanıtladı Cassandra, basit bir gerçek ifadesi.

Gedren zaten biliyordu, yoksa burada olmazdı.

Kara Elf Okçu kibirli ifadesini koruyarak başını salladı.

Elbisesi, tabiri caizse, koyu mor bir kumaştan yapılmıştı ama Cassandra, elbiseyi yaratanın sıradan bir terzi olamayacağından şüpheleniyordu.

Üst kısım, Gedren'in göğüslerinin üzerine gerilmiş, geniş yakasında tek bir yakut bulunan altın bir broş seti ile bir arada tutulan ve ayrıca sırtının etrafına ve üzerine siyah kumaş şeritler takılmış, alelade koyu mor malzemeden iki parçadan oluşuyordu . omuzlar. .

Ayrıca boynunda bir gerdanlık oluşturan ince, ipeksi siyah bir pelerin giymişti, ama vücudunun geri kalanının şehvetli ve erotik topluluğunu daha iyi göstermek için onu geri itti.

Gümüş bilezikler çıplak kollarını süslerken, kollarını zırh gibi siyah dolgu parçaları kaplıyordu, ancak pratik olmaktan çok dekoratif olduğu açıktı.

Teni simsiyah, pürüzsüz ve kusursuzdu.

Göbeği çıplak, ince ve düzgün vücutluydu, yalnızca göbeğinin hemen altında sallanan küçük bir mücevher tutan altın telkari bir zincirle süslenmişti.

Bunun altında elbisesinin ikinci kısmı geliyordu, aynı koyu mor kumaştan bacaklarının arasına sarılmış ve baldırlarının ortasına kadar uzanan iki geniş askı.

Bunlara, biri çıplak kalçalarını geçen, diğeri ise baldırlarının üst kısmındaki iki siyah kayışla birleştirilmişti.

Neredeyse bir gömleğe benziyordu ama yine de bacaklarını neredeyse çıplak bırakıyordu.

"Sizin özel yeteneklerinizden birini gerektiren bir görevim var," dedi Leydi Gedren, "sağduyunuzun kesinlikle gerekli olduğunu söylemeye gerek yok."

Yarı iblis, "İşimde sessizliğin garanti olduğunu bileceksin", diye yanıtladı.

Gedren bunu da kontrol ederdi.

Bu işte beklenen bir şeydi.

"Mükemmel." Dark Elf Archer, dudaklarında hafif baştan çıkarıcı bir gülümsemeyle cevap verdi.

Saçları kar gibi saf beyazdı, uzun bir atkuyruğu şeklinde toplanmıştı ve yüzünü çerçeveleyen gevşek saçaklar vardı.

Gözleri parlak kehribar rengindeydi ama bir şekilde buz kadar soğuktu.

Yolunuzun kesişmesini isteyeceğiniz türden bir kadın gibi görünmüyordu ama Cassandra hayatında bu türden pek çok insanla uğraşmıştı ve artık onun gözünü korkutabilecek çok az insan vardı.

Gedren gevşek bir şekilde bacak bacak üstüne attı, çıplak uyluğunun pürüzsüz siyah genişliğini ve muhtemelen kasıtlı olarak koyu mor külotunun parıltısını gösterdi.

Cassandra, tüm yaklaşımının onun için yeni olduğunu kabul etmek zorundaydı.

Normalde, birisi onu ne kadar güçlü ve korkunç oldukları konusunda etkilemek isterse, zımni şiddet tehdidini kullanırdı.

Bu, ilk kez birisinin onu cinsellik yoluyla caydırmaya çalıştığı zamandı.

Ancak bunun başka herhangi bir yaklaşımdan daha iyi sonuç vermeyeceğine kararlıydı.

Ve Gedren'in onu rahatsız etmeye çalışması sadece dekorasyonlar ve dekolte giysiler kullanarak değildi.

Odada bulunduğu kısa süre içinde bile, kara elfin gözleri birkaç kez vücudunda dolaşıp dinlenmişti.

Cassandra, başı dışında derisinin her santimini kaplayan deri giysiler giyiyordu, ama zihinsel olarak onu çıplak soyduğuna dair hiçbir yanılgı yoktu.

Bir yarı iblis olarak bu alışılmadık bir deneyimdi ve Gedren arzusunu yerine getiriyor gibi görünmüyordu.

bunu şu anda başka bir kadınla yapmaya niyeti yoktu .

"Bu şehre yeni dönen bazı kişiler var," diye devam etti Leydi Gedren.

"Altın ve hazine aramak için yeraltındaki harabelere inme eğiliminde olan türden insanlar. Bahsettiğim türden insanlardan eminim biliyorsundur. Onlar hayatta kalmak zorunda olan herkes gibi yetenekli ve deneyimlidirler." uzun süre maceralarda".

Cassandra başını salladı ama Leydi Gedren'in söylemesi gereken şeyi bitirmesini bekliyordu.

"Ve bir şey elde ettiler, benim için almanı istediğim bir şey...".

BÖLÜM IV
VALERIA

Valeria haritacılık ve harita dükkanının arkasındaki merdivenlerden yukarı çıktı.

Dükkan sahibi Onna , uzun zamandır tanıdığı biriydi.

Onları kuzey topraklarında dramatik maceralara götüren yolculuk için ona sık sık ilginç belgeler veya haritalar sağlamıştı.

Bu tür son harita özellikle faydalı olmuştu ve o maceranın sonucunu öğrenmeyi hak ediyordu, bu yüzden Valeria döndükten kısa bir süre sonra oraya gitti.

Dükkanın yukarısındaki Onna'nın dairesinin kapısını çaldı ve kısa bir süre sonra mal sahibi kapıyı açınca ödüllendirildi.

Valeria kadının iyi giyimli olduğunu gördü, zengin mavi kolsuz bir elbise giymişti ve ince bir bacağını ve ayak bileğine kadar uzanan çizmelerini göstermek için yan tarafında uzun bir yırtmaç vardı.

Geniş bir kemer belini sıkıştırarak figürünü vurguluyordu ve elbisenin kendisinin göğüslerinin arasından baklava biçimli bir yakası vardı ve çıplak omuzlarında askılar vardı, boynunda kehribar taşlarından bir kolye sallanıyordu.

Valeria tüm bunları fark etti ve bunun muhtemelen arkadaşının günlük kıyafetleri olmadığını hemen anladı.

"Sözünüzü kestim mi?" "Yarın her zaman geri gelebilirim" diye sordu.

Onna bir an şaşırmış göründü, sonra elfin gözlerini takip ederek kendine baktı.

"Ah, ertelenemeyecek bir şey değil," dedi hafifçe kızararak, "ben sadece... hayır, hiçbir şey. İçeri gel."

Valeria içeri girerek, "Eminseniz," diye yanıtladı.

Buraya daha önce gelmişti ama çok sık değil.

Genellikle mağazada birbirlerini görürlerdi.

Onna en iyi ve en değerli belgeleri burada, en güvende olacakları yerde saklıyordu.

Valeria'nın müşterilerinin bu tür bilgiler için iyi para ödediğini keşfettikten sonra, bu belgeler ona arkadaşlıkların yanı sıra değerli müşteriler de sağlamıştı ve o, gizli odasına erişimi olan birkaç kişiden biriydi.

Yılın bu zamanında yanmayan gösterişli bir şöminenin önünde, zengin mavi ve beyaz bir halının üzerine yerleştirilmiş uzun, döşemeli bir kanepe odanın ortasındaydı .

Antika vazolar ve sanat eserleri, kadının geçmişteki şeylere olan tutkusunu sergileyerek odayı süsledi.

Odanın arka tarafındaki bir masada, açıkça Onna'nın inceleme sürecinde olan birkaç parşömen parçası vardı.

"Son satışınızın nasıl sonuçlandığını size bildirmek istedim," diye açıkladı elf kadın, "bizim için çok kârlıydı."

"Evet, geri döndüğünü duydum," dedi Onna, "haberler hızla yayılıyor. Conan ve Snagg sadece iki gece önce Altın Kupa'daydılar ve şimdiden kasabanın yarısı bunu biliyor."

Valeria gülümseyerek başını salladı.

Conan ertesi sabaha kadar dönmemişti ki bu neredeyse alışılmadık bir durumdu ve Snagg bile geç kalmıştı.

Dinleyen herkesi memnun etmek için zamanlarını harcadıklarına hiç şüphe yok.

"Demek hikayeyi zaten biliyorsun?" diye sordu, biraz hayal kırıklığına uğradı.

"Sadece belirsiz bir şekilde tarih; benim için tamamlamanız gerekiyor. Ama ondan önce sizin için başka meselelerim var. Oldukça ilginç bulacağınızı düşündüğüm bir belgeye ulaştım."

Valeria, "Henüz bir daha dışarı çıkmayı planlamıyoruz," diye uyardı onu, "ama bu, bakmamak için bir neden değil, benim için sorun değil."

Belge yararlıysa, diğer maceracılar onu ele geçirmeden satma riskini almaktansa onu şimdi satın almak daha iyi olurdu.

Onna'yı masaya kadar takip etti ve önündeki parşömen parçalarına merakla baktı.

"Bu, var olan tek kopya," dedi Onna, bir tomar eski parşömeni kaldırarak. "Aslında bu şehirle ilgili. Eski bir belge, tesadüfen elime geçti. Geçmiş zamanlardan bazı maceracılardan kalma bir hikaye gibi görünüyor. Şehrin altında, antik kaynaklarda bir şey bulmuşlar sanırım. Bak, burada bazı haritalar var, oldukça kabaca çizilmiş, biliyorum ama tehlikeli bir şeye gönderme yapıyor gibiler."

"Şehri bir yüzyıl kadar yok edecek kadar tehlikeli bir şey yok, değil mi?" Yüce Elf Okçu gülümseyerek cevap verdi.

Onna da bembeyaz dişleriyle karşılık verdi.

"Hayır, sanırım değil. Ama yine de ilginç, sence de öyle değil mi? Ve tam burada, yani araştırmak için herhangi bir yere 'gitmenize' gerek yok . Bence okumayı faydalı bulabilirsiniz."

Valeria başını salladı, "İlgileniyorum. Fiyatları daha sonra tartışabiliriz."

Tabii... ama son bir şey daha var. Aslında yardımına ihtiyacım olan bir şey var. Geçenlerde başka bir belgeye rastladım. Maceracılar için özel bir ilgi olduğunu varsaymak için hiçbir neden yok... ama, şey, tercüme etmekte zorlandığım arkaik bir elf lehçesinde. Dürüst olmak gerekirse, fazla ileri gitmiyorum; Benim bilmediğim çok fazla kelime var. Eğer onu görebilirsen ve daha fazla incelemeye değer olup olmadığı konusunda bana bir fikir verirsen... Diğerinde sana bir indirim önerebilirim," harita destesine hafifçe vurdu.

"Tabii, neden olmasın? Bir bakayım da sana ne söyleyebileceğime bir bakayım."

Onna diğerleri kadar eski görünmeyen birkaç sayfa parşömen verdi.

Evet, lehçe çok arkaikti ve birkaç kez kopyalanmış olmalı, ama yazı açıkça Elfçeydi.

Onlara kısa bir süre baktı ve sonra eğlencesini gizlemek için eliyle ağzını kapatarak kahkahasını bastırdı.

"Üzgünüm," dedi, "tam olarak düşündüğünüz gibi değil. Gerçekten arkaik değil... hatta tam tersi. " Ve tarz ... benim de aşina olduğum bir tarz değil."

Onna kaşlarını çattı, kafası karışmış görünüyordu.

Ancak, şakanın ne hakkında olduğunu bilmeden, Yüce Elf Okçu'nun eğlencesine sempati duyarak ağzının köşeleri seğirdi.

"Öyleyse nedir? Değerli değil mi? Bana bunun sadece bir alışveriş listesi falan olmadığını söyle!"

"Hayır, öyle değil", Valeria gülümsememek için kendini zor tutuyordu.

Bununla karşılaşması gerçekten arkadaşının suçu değildi.

"Ve sanırım doğru alıcı için bir değeri olabilir. Bu sadece... şey, belki de neden bahsettiğimi anlaman için biraz okumalıyım."

***

Havada güllerin mis kokulu kokusu asılıydı, güneş ışığının parıldayan suya dokunuşu gibi yeşil yaprakları lekeleyen ışık.

Elf bakiresi, kalbi eski ama yeni bir melodi, bereketli bir uyanış vaadi söyleyerek, yeni bir şafağı müjdeleyecek olan patlamanın mutluluğunu bekledi.

Yüzüne vuran yaz yağmuru kadar yumuşak sevgilisinin nefesi, öpücüğü, açığa çıkmamış bir geleceğin vaadi.

Bir kelebeğin dokunuşu, elf bakiresinin arzuladığı sevgilisinin göğüslerinin büyük, hafif kürelerini diline getirdiği zamanki kadar tatlı olurdu...

***

"Üzgünüm, devam edemem!" Valeria şimdi yüksek sesle gülerek dedi.

"Ama sanırım resmi anladınız. Bu... bu temelde bir elf pornosu. Ve üslup muhtemelen Ortak Konuşmaya tercüme edildiğinden daha abartılı. Şiirsel imalar falan... insanlar bunu okuyor. , ama yapma

Bu onun normal okumasının bir parçası, sanmıyorum. Bana bu okumalarda çok uzman olduğum izlenimini vermek istemiyor."

Görünüşe göre Onna oldukça farklı bir tepki vermiş.

Her şeyden daha gergin görünüyordu, gözleri fal taşı gibi açılmıştı ama ağzı hâlâ yarım bir gülümsemeyle seğiriyordu, sanki en azından komik tarafı görebiliyormuş gibi.

Sanki bir şey söyleyecekmiş gibi ağzını açtı, ama o daha iyi düşünüyor gibiydi.

"Evet?" dedi Valeria, dudaklarında gülümsemeyle devam etse de daha kibar bir şekilde.

"Ama... uh... Yani, şeydeki elf bakire... ah, 'sevgilisinden' dememiş miydin..." Sustu, şimdi biraz kızarmaya başlıyordu.

Yüce Elf Okçu, arkadaşının kafa karışıklığının kaynağını hemen anladı.

İnsanlar eskiden bu konularda biraz yavaştı.

"Evet," dedi, şimdi biraz daha ciddi görünerek, "'elf bakiresinin' sevgilisi başka bir kadın. Daha fazla okumadan emin olmak zor, ama bu özel hikayeye dahil olan herhangi bir erkek yok gibi görünüyor. ."

"Bu... bu yaygın mı?"

Onna'nın gözleri hala iri iri açılmıştı ve şimdi tek eliyle masanın yan tarafını tutuyordu, yüzünden bir duygu dalgası geçti.

Daha fazlasını sormaktan açıkça utanıyordu ama aynı zamanda merak ediyor, cevabı bilmek istiyordu.

"Cinler arasında mı? Evet, öyle."

Doğrudan bir yanıt, sorunla başa çıkmanın en iyi yolu gibi görünüyordu.

En azından insan kadın korkmamış ya da olumsuz tepki vermemişti.

En azından bunun için net bir açıklamayı hak ediyordu... ama Valeria soruların nereye yöneltildiğini hala net olarak bilmiyordu.

"Bak, temelde biz elfler özgür insanlarız. Seks başka bir deneyimdir, doğa sevgimizin bir parçası olarak zevk aldığımız bir şeydir; onu katı kurallara ve düzenlemelere bağlamayız. Ve bu özgürlük partnerimizin cinsiyetine kadar uzanır. ya da refakatçi, her şey kadar. Ve bu sadece kadınlar değil; elf erkekleri çoğu erkeğin olmadığı bir şekilde birbirleriyle yakın ilişki içindedir. Bizim için bunların hepsi gerçekten hayatın bir parçası."

"Yani..." sonraki kelimeleri nasıl söyleyeceğinden emin değil gibiydi.

Mavi gözleri Valeria'ya dikilmişti ve Valeria gerginliğini biraz olsun bastırdı.

Aniden, Yüce Elf Okçu tüm bunların nereye varacağını anladı.

Ve eğer Onna soruyu sorabilseydi, bu noktada itiraz etmezdi.

"Yani..." harita satıcısı devam etti, "gerçekten mi...?"

"Başka bir kadınla sevişir miydi?"

Şimdi sormak istediğinin bu olduğundan emin olduğunu biliyordu ve sadece insanın tepkisini görmek istiyordu.

"Evet, isterdim. Erkekte bir sorun yok... dediğim gibi, sevgimizde özgürüz. Ama buna rağmen, bir kadının hissi gibisi yoktur; her zaman nereye dokunacaklarını bilirler. Ve bu Bunu gerçekten ilahi buluyorum."

Aralarında sadece birkaç santim olacak şekilde öne doğru bir adım attı ama Onna kıpırdamadı ve gözleri hâlâ Valeria'nınkinden ayrılmamıştı.

Dudaklarını ıslatmak için yaladı.

Valeria, arkadaşının pembe dilinin dudaklarının üzerinde kaymasını izledi.

Onna'nın göğsü şimdi bir inip bir çıkıyordu, dekolteli elbisesinden açıkça görülebiliyordu.

Yüce Elf Okçu şimdi ne kadar çekici olsa da elbisenin onun görmesi için mi tasarlandığını merak etti.

Onna onun geleceğini bilecekti... ama bunu açıkça tahmin etmemişti; pasajın okunduğunu duyunca kafası karıştığı çok açıktı.

Belki de bunu aklının bir yerinde istemiş, ama şimdiye kadar gerçekten anlamamıştı.

Fırsat kendini olabildiğince açık bir şekilde sunduğuna göre, kafası karışmıştı.

Onna bir nefes daha aldı ve sonra neredeyse titreyen ve bu kadar yakın mesafeden bile güçlükle duyulabilen bir sesle, "Bana öğretebilir misin?" diye sordu.

Valeria cevap vermek yerine öne doğru eğilerek haritacının yanağını okşadı ve onu dudaklarından öptü.

Basit bir dokunuştu ama Onna bir an için kendinden emin olamayarak geri çekildi.

Ama sadece bir an için, bir sonraki adımı atan Onna oldu, karşılık olarak elf büyücüyü öptü ve bu sefer öncekinden daha fazla güvenle.

Valeria vücudunu arkadaşınınkine yaslayıp giysisinin içinden göğüslerinin şeklini yoklarken dudakları ayrıldı ve dilleri birbirine dolandı.

Arkasına yaslandı, Onna'nın yüzüne baktı, mavi gözlerine baktı, ifade etmesi çok zor olduğu sözlerine karşı dile getirilmemiş bir içsel arzu hissetti.

Kum rengi saçları geriye doğru toplanmış, uzun boynu çekici bir şekilde çıplak bırakılmıştı.

Valeria parmağının ucunu Onna'nın çenesinde gezdirip onu hafifçe kaldırdı, sonra boğazını ve boynunun yan tarafını öptü, diğer eliyle kadının beline doladı ve kumaşın yumuşak sıcaklığını hissetti.

"Belki de kanepeye geçmeliyiz?" önerdi.

Buralarda bir yerlerde bir yatak odası vardı ama elf oraya giderek zaman kaybetmek için çok endişeliydi ve insan kadının daha da endişeli olduğundan şüpheleniyordu.

Burada, her ikisinin de aşina olmadığı bu odada daha iyi.

Diğer kadın da başını salladı, belki aynı şeyleri düşünüyordu, belki de şu anda başka bir şey düşünemeyecek kadar heyecanlıydı.

Onna kanepeye oturdu, neredeyse yere düşecekti, bacakları gevşekti.

Valeria gülümsedi ve kadının yüzüne tekrar dokunmak için uzandı.

"Endişelenme," dedi güven verici bir şekilde, "bu eğlenceli olacak."

Hala yüzleri birbirine dönük olacak şekilde yanındaki kanepeye yarı oturdu.

Onna destek almak için kanepenin arkasına yaslandı, kolları iki yana açılmış, ağzı hafifçe açık, göğsünün inip çıkması her zamankinden daha belirgindi.

Elbisesinin kumaşını, Valeria'nın kadının göğüs dekoltesinin bir kısmını görebildiği elmas biçimli yakasının üzerinde gümüş bir toka tutuyordu.

Parmağını arkadaşının köprücük kemiği boyunca kaydırdı, mücevherli kolyeyi geçti, sonra ustalıkla tokayı çözdü, iki parça kumaşı aşağı ve yana çekerek Onna'nın göğüslerini ortaya çıkardı.

İnsan kadın sanki olduğu yerde donmuş gibi kıpırdamadı, buna Valeria ona tekrar gülümsedi ve omuz askılarına uzandı.

Sonunda Onna transa girmiş gibi kollarını hareket ettirdi ve Valeria elbisesini omuzlarından beline kadar indirebilsin diye kanepenin arkasından biraz kalktı.

"Güzel görünüyorsun," dedi dürüstçe ama kadın cevap vermedi.

Tekrar, kısaca, Onna'nın dudaklarını ve dilini öptü ve kelimelere dökebildiğinden çok öpücükleri aldığı coşkuyla söyledi.

Çıplak göğüsleri şimdi Valeria'nın kendi elbisesinin kumaşına sürtünüyordu ama Yüce Elf Okçu kendi giysilerini biraz daha uzun tutmaya karar verdi.

Öpücüğü bitirirken, Onna'nın göğsüne baktı.

Kadının göğüsleri iriydi, kendisininkinden daha büyüktü ama aşırı derecede gelişmiş değildi.

Cildin pürüzsüzlüğünü hissederek ve pembe göğüs uçlarının sertleşmesine neden olarak ellerini üzerlerinde gezdirdi.

Harita satıcısı bunun üzerine nefesini tuttu, istemsizce yükselen bir zevk çığlığı.

Valerie tekrar gülümsedi.

Bunun tadını çıkarıyor, zamanını alıyordu.

Bir memeyi öpmek için eğildi, meme ucunu dilinin altında yuvarladı ve arkadaşının bu kez daha sert bir şekilde nefesinin kesilmesine neden oldu.

Tutkusu şimdi artıyordu, inkar edilemezdi ama yine de elf kadına doğru bir hamle yapmadı.

Valeria diğer memeyi öptü, elini serbest bırakmak için hareket ettirdi ve sonra ayağa kalktı.

Onna, Valeria'nın elbisesinin düğmelerini açmaya çalıştığını anlayana kadar, bir an için üzülmüş gibi göründü, açıkça zevkin devam etmesini istiyordu.

İnsan kadının aksine, özellikle bugün için giyinmemişti, ama geçmişe dönüp baktığında, keşke öyle olsaydı.

Köprücük kemiğinden kesilmiş ama daha aşağısı olmayan uzun yeşil bir elbise giymişti, uzun kollu ve ince belini gösteren soluk sarı bir korsajlıydı.

Saçları tepedeki yeşil bantlarla sivri kulaklarının üzerinde geride tutulmuştu ama sırtından aşağı dökülüyor, neredeyse kalçasının üstüne kadar geliyordu.

Şimdi, elbiseyi ensesinde tutan kopçayı çözdü ve kollarını dar kollardan kurtararak elbiseyi kalçalarının üzerine kaydırdı.

Arkadaşı belli ki elbisesinin üst kısmının altına bir şey giymemeyi seçmiş olsa da, Valeria'nın altında hala güzel kıvrımlarını pohpohlayan yumuşak beyaz ipek bir slip vardı.

Onun soyunmasını izlerken, bakışlarını ince baldırlarından ve yumuşak yeşil ayakkabılarından ipek kaplı vücudu boyunca küçük göğüslerinin kıvrımına kaydırırken, Onna'nın gözlerindeki beklentiyi hissedebiliyordu.

Valeria bu anı biraz daha uzatmak için önce elbisesini, ardından ayakkabılarını birer birer çıkardı.

Sonra halının üzerine diz çöktü ve kalın kumaşı çıplak dizlerinde hissetti.

Kayışın bir omzunu, ardından diğerini serbest bırakarak ipeği yavaşça vücudundan aşağı iterek belinde buluşturdu.

Onna ona dokunmak için hiçbir harekette bulunmadı, bu yüzden elini biraz ona doğru kaldırdı ve onu tekrar öptü.

Artık aralarında herhangi bir bez olmayan göğüsleri birbirine değiyordu, elfin daha küçük göğüsleri daha iri insanlara baskı yapıyordu.

Harita satıcısı öpücüğünden geri çekilerek nefesini tuttu, duyguları çok belirgindi.

Valeria yeterince beklediğine karar verdi.

Tekrar topuklarının üzerine yaslandı ve ellerini Onna'nın yumuşak göbeğine götürdü, yol boyunca göbek deliğiyle dalga geçti, sonra kemerini çözdü ve mavi elbiseyi kadının bacaklarının üzerine atmadan önce kendini toparlamak için bir kenara koydu. .

Onna, devam etmek için can atarak ona tekme attı ve şimdi sadece çizmeleri ve bir çift beyaz külot giymişti.

Şimdi Valeria arkadaşının külotunu indirip ayaklarının dibine bıraktı ama kadınlardan hiçbiri çizmelerini çıkarmak için kıpırdamadı.

Valeria, insanın bacaklarını nazikçe ayırdı ve açıkta kalan uyluğunun içini okşadı.

Onna ürperdi, birdenbire savunmasız kaldı, her şeyi açığa çıktı.

"Bunu istiyorsun?" diye sordu Yüce Elf Okçu, cevabı zaten biliyordu ama kelimeleri duymak istiyordu.

Ama Onna sessizdi ve sadece sessizce başını salladı.

Parmaklarını tekrar kadının karnında gezdirdi, bu sefer daha da ileri uzandı ve kıvırcık saçlarını önünü okşadı.

Sonra diz çöktü ve onu öptü.

Harita satıcısının vücudu büküldü ve zevkle inledi, bu şimdiye kadar çıkardığı en yüksek sesti.

Cesaretlenen Valeria, dilini kadının labiasının tamamı boyunca gezdirdi ve sonra dilini amının derinliklerine daldırdı.

Bu kez inilti daha da yüksekti, kalçaları kasılmıştı ve Onna uzanıp parmaklarını elf kadının saçlarının arasından geçirip onu kasığına yasladı.

Valeria dilini içeri ve dışarı kaydırarak, insanın duygularının her damlasının tadını çıkararak, klitorisiyle dalga geçerek devam etti.

Elleri kadının kalçalarını ve poposunu okşayarak onu daha iyi bir zevk pozisyonuna yükseltti.

Onna inliyordu, bir eliyle kendi sol göğsünü, diğeriyle elf büyücünün kafasını tutuyordu.

Kalçaları titreyerek Valeria'nın adını söyleyerek ilk kez konuştu.

Yüce Elf Okçu dilinin ucuyla klitorisini incelemeye, yalamaya ve fiskelemeye devam ederken, harita satıcısının doruğa yakın olduğunu söyleyebilirdi.

Artık eski sessizliğinin tüm izleri gitmişti, zevkten inlemeleri odada yankılanıyordu.

Daha fazlasını kaldıramadı.

Ve Valeria onun da bunu yapmasını istemiyordu.

Onna uzun, uzun ve titreyen bir iniltiyle doruğa ulaştı, vücudu kanepeye yaslandı, çizmeli ayakları yerde tempo tuttu ve göğüsleri inip kalktı.

Yüce Elf Okçu arkasına yaslanıp nefes nefese kalan kadına baktı, artık çıplak vücudundan boncuk boncuk terler akıyordu.

"Bu... o..." Onna nefesini tuttu, normal nefesini yeniden kazanmaya çalışırken.

"Bu," dedi Valeria, "henüz bitmedi. Bence hâlâ daha fazlasını istiyorsun... ve ben sana vereceğim."

Ayağa kalktı, kaymanın bacaklarının üzerinden yere kaymasına izin verdi.

İnsan kadın, bunu yaparken neredeyse kendini suçlu hissediyormuş gibi görünüyordu, ama sonra önünde duran elfin çıplaklığını incelerken dudaklarını yaladı.

"Yapabilir miyim bilmiyorum..." dedi yalvararak. "Henüz değil... güzelsin Valeria ve ben de istiyorum... ama nefesimi tutmam gerekiyor."

"Oh, sanırım artık hazırsın," diye yanıtladı, o dudakları bir kez daha öpmek için eğilerek.

Onna gözlerini kapadı, öpücük uzun sürdü ve göğüsleri birbirine dokunurken vücudunun yaptığı hareket, cini onun haklı olduğuna bir kez daha ikna etti.

Bu iyiydi, çünkü artık kendi amcığı ağrıyordu, kendi zevki çok uzun sürüyordu.

Onna'nın elini tuttu ve onu halıya çekti, böylece ikisi yüz yüze yatıyordu.

Tekrar öpüştüler, vücutları birbirine dolandı, bacakları birbirine doğru kaydı.

Sarıldılar, Onna bir elinin parmaklarını elfin uzun, ipeksi saçlarında gezdirdi, sonra sırtını okşadı, Valeria ise kalçasını okşadı.

Öpücük devam etti, harita satıcısının vücudu Valeria'nınkine sürtündü ve göğüs uçları bir kez daha sertleşti.

Yüce Elf Okçu onu serbest bıraktı, bir göğsünü kavramak için elini yukarı kaydırdı, sonra parmağıyla pembe göğüs ucunu ovuşturdu.

"Anlıyorsun?" dedi ki, "Yine fazlasıyla hazırsın. Ama bu sefer..."

"Ah evet," dedi Onna, "Bunun ikimiz için de olmasını istiyorum. Sık sık düşündüm... böyle bir şey. Başka bir kadınla birlikte olmak nasıl olurdu, ama asla... Yapmadım Şansım olacağını sanmıyorum. Şimdi evet, bu anı kaybetmek istemiyorum."

"Korkmadan bana istediğini yap," diye yanıtladı Yüce Elf Okçu, onu bir kez daha öperek.

Onna'nın elleri hareket etti, karnının etrafında ve elfin küçük göğüslerine doğru kaydı.

Valeria mutlu bir şekilde içini çekti ve sırt üstü yuvarlandı.

Harita satıcısı onun üzerine eğildi, köprücük kemiğini öptü, bir memesini avuçladı, ellerine değdirdi, ama daha fazlasını değil.

Elf maceracı onu cesaretlendirmek için elini kadının göbeğinde gezdirdi, bacaklarının arasını bir kez daha keşfetti, dudaklarının hala zevki davet eden nemli ve şişmiş olduğunu gördü.

dili ıslak ve istekli bir şekilde Valeria'nın göğüs uçlarını öpmek için eğildi .

"Evet..." diye mırıldandı, "ah evet..."

High Elf Archer, parmaklarını içeri doğru hareket ettirerek, kadının amının ıslaklığına nüfuz ederek karşılık verdi.

Valeria bir bacağını onunkine geçirirken partneri halının üzerinde kıvranarak inledi.

Sonunda, Onna sevgilisinin neye ihtiyacı olduğunu anlamış göründü, ihtiyatla elfin bacaklarının arasına dokundu ve parmağını kalçalarının arasında gezdirdi.

O dokunuş, o kışkırtıcı hareket ona ne kadara mal oldu!

Valeria kendi parmaklarını içeri ve dışarı hareket ettirerek Onna'nın amının ıslaklığına girerek kadına kendisinin ne istediğini gösterdi.

İnsan, baş parmağını elf kadının amının üzerinde kaydırarak, seksinin tatlılığına daldı.

Yüce Elf Okçu hafifçe inledi, onu cesaretlendirdi, kendi parmaklarını daha hızlı hareket ettirdi.

Bu Onna için çok fazlaydı.

Sırt üstü yuvarlandı, bacaklarını tekmeledi, titriyor, çözülüyordu.

Onna göğüslerinden birine uzanırken parmakları hâlâ içeri ve dışarı pompalanmaya devam ediyordu .

Kadın şimdi ona yalvarıyor, nefesi kesiliyor ve zevkle bağırıyordu.

Valeria kıvranarak yüzünü bir kez daha Onna'nın amına soktu.

Hevesle yaladı, işaret parmağı hâlâ kadının ıslaklığına girip çıkıyor, diliyle klitorisini buluyordu.

Onna kendi okşamalarını unutarak çığlık attı, bir eliyle Valeria'nın kalçasını tuttu ve burnunu arkadaşının karnına bastırdı.

Yüce Elf Okçusu, bir uyluğu yüzünün iki yanında, onun üstüne bindi, parmağı incelemeye devam ederken hala yalayıp emiyor.

Sözsüz son bir çığlık atan Onna ikinci kez uzandı, vücudu sarsılarak Valeria'nın sırtını kavradı ve şimdi yüzü elfin iç bacaklarından birine bastırdı.

Maceracının uzun saçları iki yanından kayıp giderken bacakları sarsıldı ve inledi.

"Tanrıça, üzgünüm," dedi insan. "Çok iyisin". Devam etmeden önce yutkundu, "Ama hepsini istiyorum. Şimdi bunun nasıl bir his olduğunu biliyorum. Ve benim gibi başka bir kadının gelmesini sağlamak istiyorum. Sadece ihtiyacım var... Sadece bunu nasıl doğru yapacağımı bilmem gerekiyor."

"Sanırım ne yapacağını biliyorsun," dedi Valeria, "sanki kendi kendine yapmışsın gibi."

Şimdi sabırsızdı ama belli etmemeye çalışıyordu.

"Sana ihtiyacım var, sana şimdi gerçekten ihtiyacım var. Daha fazla bekleyemem."

Onna gerinerek yüzünü elfin kendi amına çevirdi.

Valeria parmağının amına kaydığını hissetti, zevk oluşmaya başlayınca tekrar nefesi kesildi.

Serbest bırakılmaya ihtiyacı vardı, şimdi buna çok ihtiyacı vardı.

Kalçasını ileri geri salladı, parmağını amının içine sürttü.

Harita satıcısı hâlâ kendinden emin olamayarak derin derin nefes alıyordu.

"Evet, sorun değil," diye feryat etti Yüce Elf Okçu, "durma."

Onna şimdi sabırsızca parmağını sallıyordu ve Valeria beklentiyle ürperdi.

İnsan kadının eli artık cinsiyetiyle kaygandı, elf ise dilinin ucunu vajinasının dudağının üzerinde gezdirerek uyluğunun içini öptü.

Harita satıcısı dilinin dokunuşuyla boğuk bir çığlık attı, parmağını çıkardı ve iki eliyle Valeria'nın kalçasını kavrayarak onu vajinasını ağzına indirmeye zorladı.

Dili elfin amına kaydı, klitorisini bulana kadar deneyimsizce kaydı.

"Evet, tam orada!" diye bağırdı Valeria, kalçasını kadının yüzüne çarparak.

Onna cesaretlendi, becerisi ve güveni açıkça artıyordu.

Tek ihtiyacı olan buydu, cesaret.

Yüce Elf Okçu artık konuşamıyordu.

Leziz zevki arttıkça nefesi kesildi, sevgilisinin adını haykırdı.

Aniden geldi, kalçaları neredeyse Onna'nın kafasına denk geliyordu.

Bir patlamaydı, bastırılmış tutkusu bir anda serbest kaldı, inlemeleri eşininkileri yansıtıyordu.

Zevk dalgaları vücuduna çarptı ve onu kör edici bir şekilde boş bıraktı.

Onna artık bir kadının yüzünde orgazm olmasının nasıl bir his olduğunu tam olarak biliyordu...

HİKAYE DEVAM EDECEK : BARBAR CONAN İKİNCİ BÖLÜM

Don't miss out!

Visit the website below and you can sign up to receive emails whenever Erika Sanders publishes a new book. There's no charge and no obligation.

https://books2read.com/r/B-A-IGGS-CUJNC

BOOKS 2 READ

Connecting independent readers to independent writers.

www.ingramcontent.com/pod-product-compliance
Lightning Source LLC
LaVergne TN
LVHW090936230826
846093LV00006BA/211

* 9 7 9 8 2 2 3 2 1 8 6 2 3 *